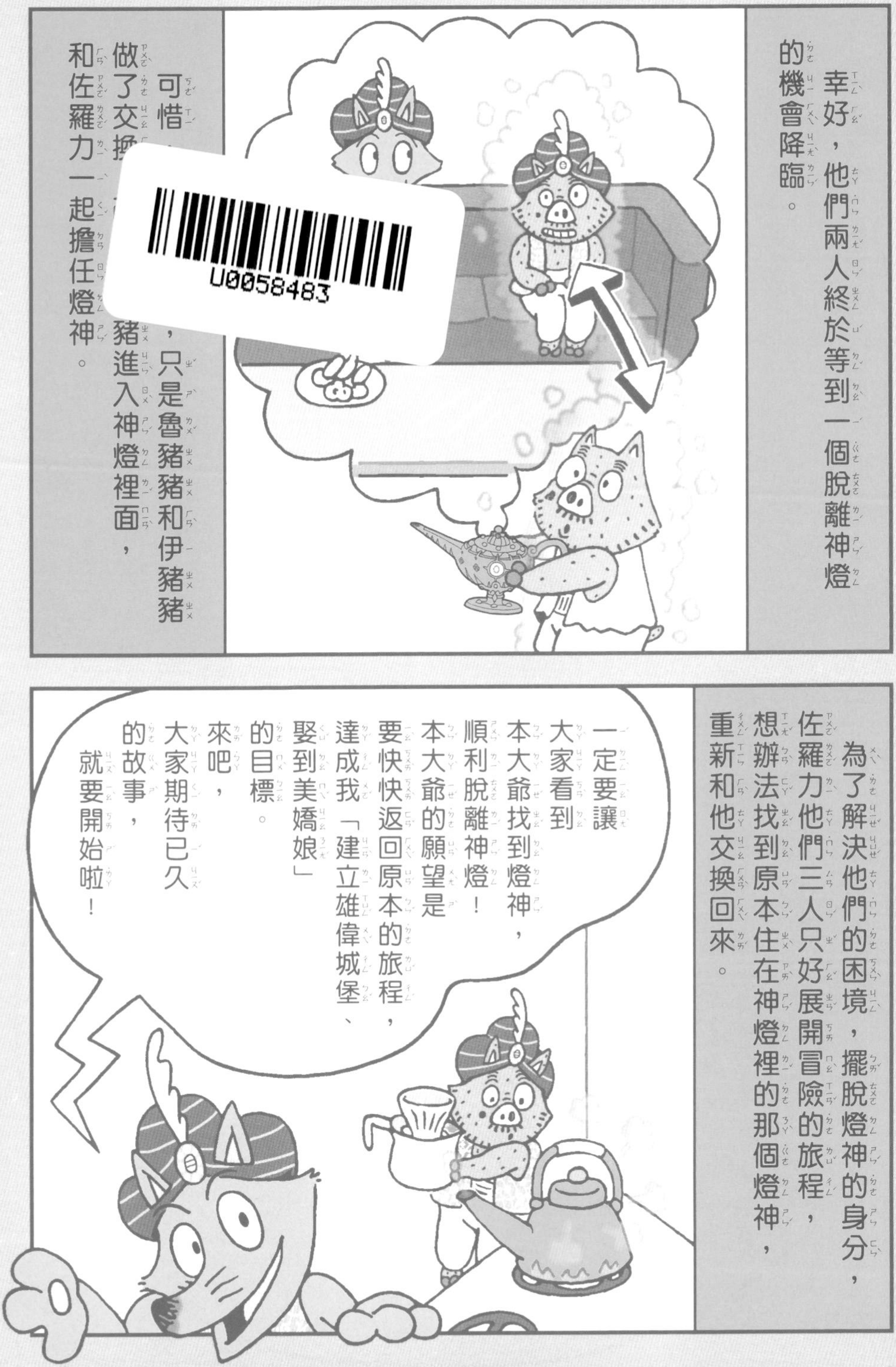
幸好，他們兩人終於等到一個脫離神燈的機會降臨。
可惜，
做了交換
，只是魯豬豬和伊豬豬
豬進入神燈裡面，
和佐羅力一起擔任燈神。
為了解決他們的困境，擺脫燈神的身分，佐羅力他們三人只好展開冒險的旅程，想辦法找到原本住在神燈裡的那個燈神，重新和他交換回來。
一定要讓大家看到本大爺找到燈神，順利脫離神燈！本大爺的願望是要快快返回原本的旅程，達成我「建立雄偉城堡、娶到美嬌娘」的目標。來吧，大家期待已久的故事，就要開始啦！

又是一日早晨，神燈裡瀰漫著迷人的咖啡香。

佐羅力和魯豬豬待在神燈裡面，這裡各種生活用品一樣也不缺，讓他們過得舒舒服服、快快活活。

此刻，佐羅力正在廚房裡，用煮沸的開水沖泡香濃的咖啡。

怪傑佐羅力之
一定要找到燈神！

文·圖 **原裕** 譯 周姚萍

「很像對吧？本大爺被關在神燈裡面，每天閒得發慌。所以這陣子一直趁著燒開水時練習，我練哪練，居然讓我練成搖晃水壺的特技，讓燒開水時產生的蒸氣能夠形成我媽媽的模樣。啊，本大爺真的快無聊死了。

伊豬豬，只有你還能自由行動，
就算早一秒也好，
我們要快快將燈神找出來，
拜託他與我們交換回來。
現在我們只能依靠你了。」
受到佐羅力大師如此委託，
伊豬豬不由得繃緊神經、全力以赴。
他東奔西跑，詢問了許多人，
結果——

他們打聽到一座城鎮，曾經出現過一個纏著頭巾的彪形大漢，於是，他們很快的到達這座城鎮。

伊豬豬手上的神燈附有麥克風和相機，透過神燈內的電視螢幕，就能看到外面的景象。他們三人一起通力合作，極力搜尋燈神的蹤影。伊豬豬還畫了一張燈神的肖像，

一一拿給所有遇到的人看。不過，這張肖像實在畫得太差，因此造成了反效果。

佐羅力認為如果他能夠離開神燈，自己去外面找，應該可以更快找到燈神，偏偏他一點辦法也沒有，只能待在神燈裡乾著急、坐立難安。

就在這時，他突然想起一件事。

凡是撿到這個神燈的人，只要摩擦過神燈，就成為神燈的主人，在他一生裡可以要求燈神滿足他三個願望。

魯豬豬的三個願望已經達成了，不過，現在待在神燈外面的伊豬豬則從來沒有摩擦過神燈許願，因此他還擁有許願的權利。

於是，佐羅力向伊豬豬提出這樣的建議：

由伊豬豬來摩擦神燈，說出我們想達成的目的，
請你們把燈神帶過來——
作為你所許下的第一個願望。
這麼一來，身為「燈神」的本大爺和魯豬豬，為了達成主人的願望，就能跑到神燈外面去啦。
雖然我們都不會魔法，不過只要我們三人同心協力，不斷努力去找，一定能夠順利找到燈神的。
啊，找到了。
一旦找到燈神完成第一個願望以後——

就說出第二個願望，
燈神，拜託你答應回到神燈裡去吧——
由於在神燈守則「常見疑問篇」裡面寫著，沒有辦法勉強不想進入神燈的人進行交換，所以我們三個一定要拚命的拜託他，這麼做的話，燈神一定會了解我們的心情。
再來——
只要燈神願意回到神燈裡，那麼，第三個願望當然就是：
請你與佐羅力和魯豬豬交換燈神的身分——
這樣的話，三個願望都能夠順利完成，我們也就能擺脫神燈了——

「順利完成這個願望，我們三個就可以回到我們原本自由自在的旅程。伊豬豬，本大爺和魯豬豬就靠你許願了，這樣我們才能從這裡脫身。」

「啊，原來如此啊！真不愧是佐羅力大師耶。好的，我馬上來許願。」

伊豬豬依照佐羅力的吩咐，摩擦了神燈，他大喊：

「**請將燈神帶來這裡——**」

這是他第一個願望。

不過，佐羅力和魯豬豬並沒有從神燈的壺口出現，他們依然還待在神燈裡面。

「佐、佐羅力大師，這個神燈壞掉了嗎？」

伊豬豬忍不住對著神燈上的攝影機鏡頭，問佐羅力。

這時，佐羅力仔細看著伊豬豬的臉，驚訝的說：

「喂，伊豬豬，
你右邊的臉頰上黏著
什麼東西啊？」
「喔，那個呀？就之前受傷
的結痂呀。」
「嗯、嗯，很可能
就是這個原因！」
佐羅力雙手抱著頭
大叫。

由於這個神燈上所配備的相機，搭載了臉部辨識功能，可以確認許願者是否已經用完三個願望。

而伊豬豬與魯豬豬是雙胞胎，他們長得幾乎完全相同。

加上伊豬豬右邊的臉頰結了一個痂，痂的大小和位置與魯豬豬右臉頰上的痣一模一樣，所以，臉部辨識器沒辦法分辨伊豬豬與用完三個願望的魯豬豬，是兩個不同的人。

因此，佐羅力提出請求：

「伊豬豬和魯豬豬他們有哪裡不一樣呢？」作者我可是把他們畫得很清楚喔。趁這個機會正好在這裡向大家說明一下。

- 他們不一樣的地方，在於兩人右邊和左邊的「眼睛」還有兩個「鼻孔」的大小；伊豬豬大，魯豬豬就小，魯豬豬大，伊豬豬就小。其中最容易分辨的，是魯豬豬右邊的臉頰有顆痣，伊豬豬沒有。

「伊豬豬，馬上把那個痂剝掉。」

「哇——不行，這才剛剛結痂，還會痛耶——」

「就算早一秒鐘，我們也一定要快點把燈神找出來。拜託你了！」

既然佐羅力都這麼拜託了，伊豬豬只好努力把痂剝開，

「啊，痛痛痛……不行啦，現在還剝不起來。請、請再等個四、五天——」

當伊豬豬想繼續討價還價時……

突然，
有個東西砸中伊豬豬。
等伊豬豬一回神，
他手上的神燈不見了。
神燈被搶走了！
「喂，等、等等——」
伊豬豬連忙追過去，
但那個男人在轉眼間

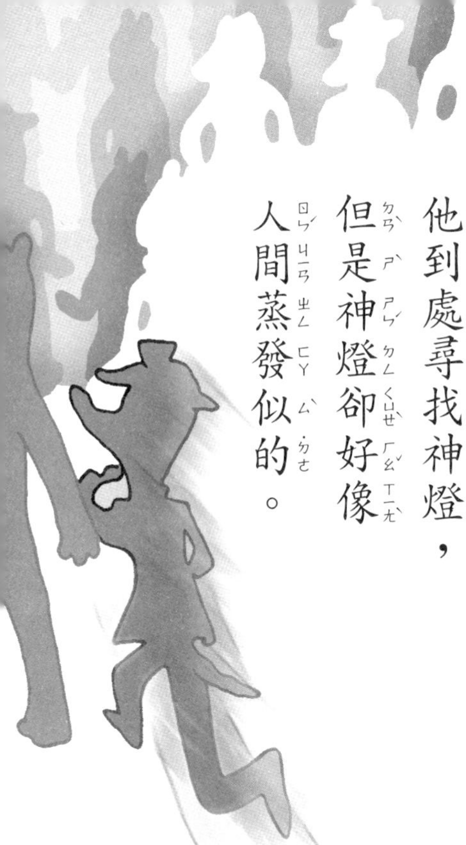

就消失在人群中。
如果伊豬豬沒有辦法把神燈找回來，
他很可能再也見不到
佐羅力和魯豬豬了。
伊豬豬一邊哭，一邊東跑西跑，
他到處尋找神燈，
但是神燈卻好像
人間蒸發似的。

這時，在被搶走的神燈裡的
佐羅力和魯豬豬——

他們感受到非常劇烈的搖晃，卻不知道外頭發生了什麼事。

過了好一陣子，搖晃才終於停止，這時他們聽到從外頭傳來說話聲。

嘿嘿嘿，我搶東西的技巧果然很高超吧。這個燈的重量這麼沉，肯定是值錢的東西。只要我把它擦得閃閃發亮，一定能用高價賣掉吧。

看起來就是這個說話的男人，搶走了神燈。

好不容易弄清楚狀況後，佐羅力感到非常驚慌。

如果讓這個強盜摩擦了神燈，那佐羅力和魯豬豬就得滿足他三個願望。

「這可不是鬧著玩的呀……怎麼辦？啊，對了！」

佐羅力的腦中靈光一閃……

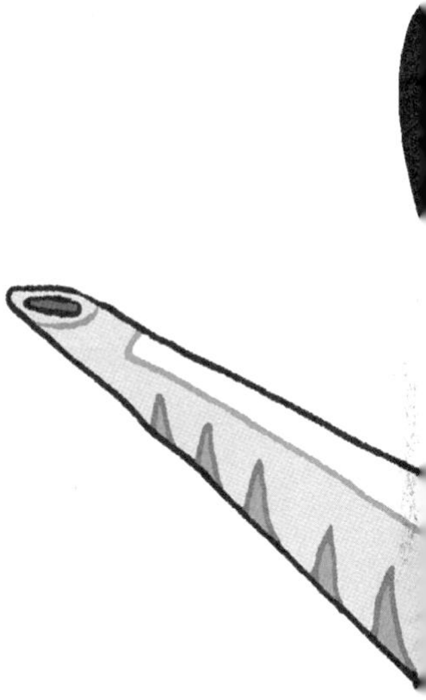

他們早上喝完咖啡後，本來還想吃碗泡麵，水壺裡的水一直是沸騰的。於是，佐羅力將滾燙的水壺直接貼在牆壁上。這樣一來，強盜拿在手中的神燈霎時間，變得很燙很燙。

他一鬆手，就把神燈放在旁邊的鐵桶上，然後忍不住詫異的盯著神燈看。

而人在神燈裡面的佐羅力趕緊雙手拿著滾燙的水壺，輕輕搖晃起來。

他晃哪晃的，

這時——

伊豬豬正哭喪著臉，
在鎮上東奔西跑，
拚命的四處尋找神燈。
突然間，

伊豬豬的視線定住了。
他牢牢的盯住
城鎮的某個角落，

那裡正冒出了
佐羅力媽媽模樣的水蒸氣。
那一定是佐羅力大師
傳來的訊息。

水蒸氣馬上就消失不見，
但伊豬豬已經記住
那個位置，
他拔腿狂奔而去。
不過，半路上……

水管、水管，要是不快點買到水管，主廚就要抓狂啦。

他發現燈神就在眼前。

有一瞬間，伊豬豬很想停下腳步，但是他知道現在還不是做這件事的時候。

啊！

他的當務之急是拿回神燈，
否則即使逮到燈神，
他們也什麼都沒辦法做。
當伊豬豬跑到冒出佐羅力媽媽模樣的水蒸氣位置，
他非常認真的
四處張望，
仔細尋找。
最後，

他走進小巷子，順著樓梯往下走，總算發現那個正緊盯著鐵桶上的神燈的男人。

「又沒點火，

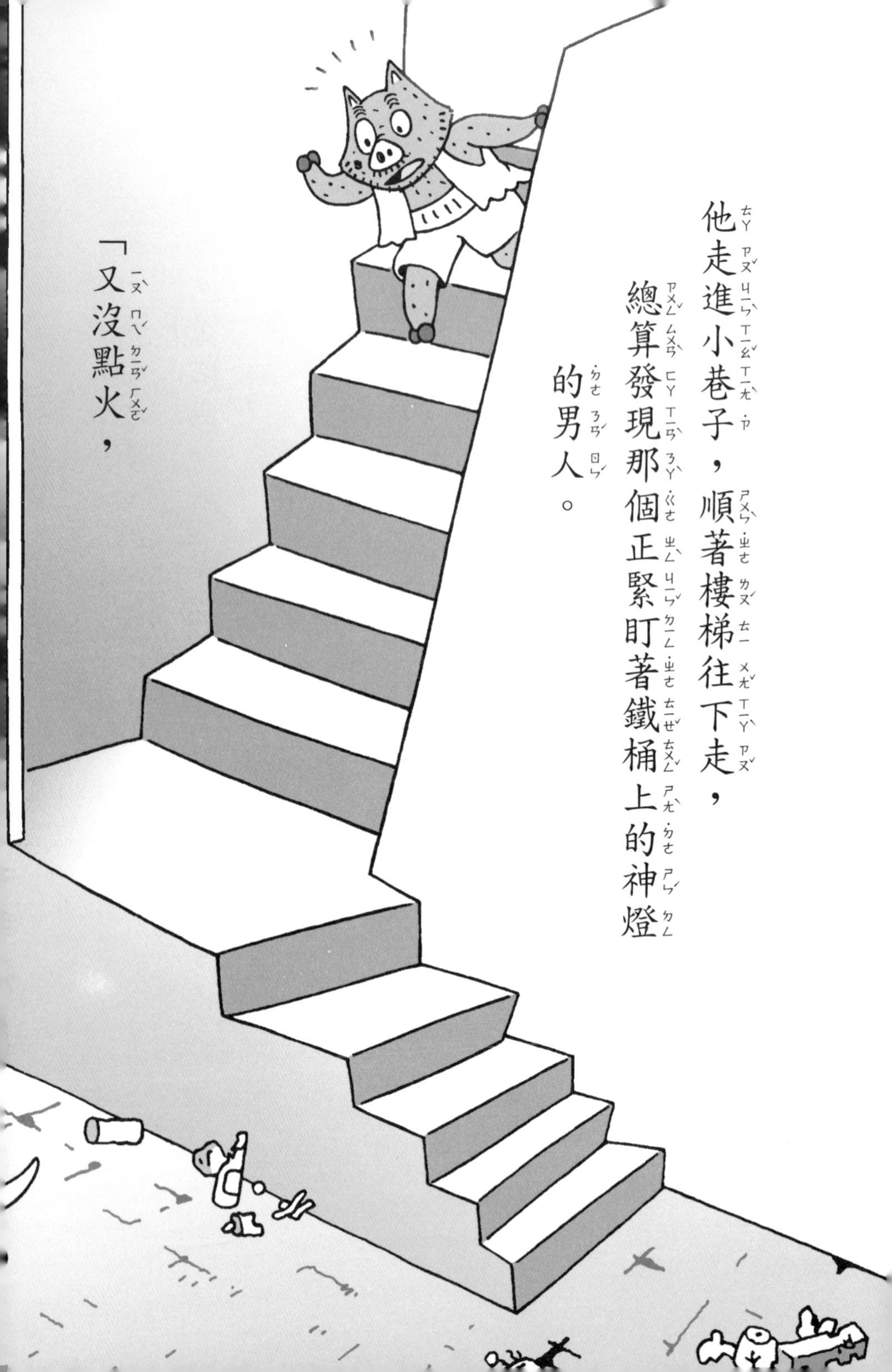

這個燈怎麼會突然發燙呢？」

那個男人戰戰兢兢的用手帕將神燈包起來，說：

「看來這不是個好東西，還是要快點賣掉才好。」

伊豬豬立刻從樓梯上撲下來，然後他大喊：

「我絕不會讓你逃走的——」

接著他撲向那個打算要離開的男人。

那個男人
和伊豬豬一起，
一頭撞進垃圾堆中。
伊豬豬立刻站起來，
他從昏死過去的男人手中，
順利將神燈搶回來。
「佐羅力大師，魯豬豬，
真的很對不起，都怪我太粗心大意了。」

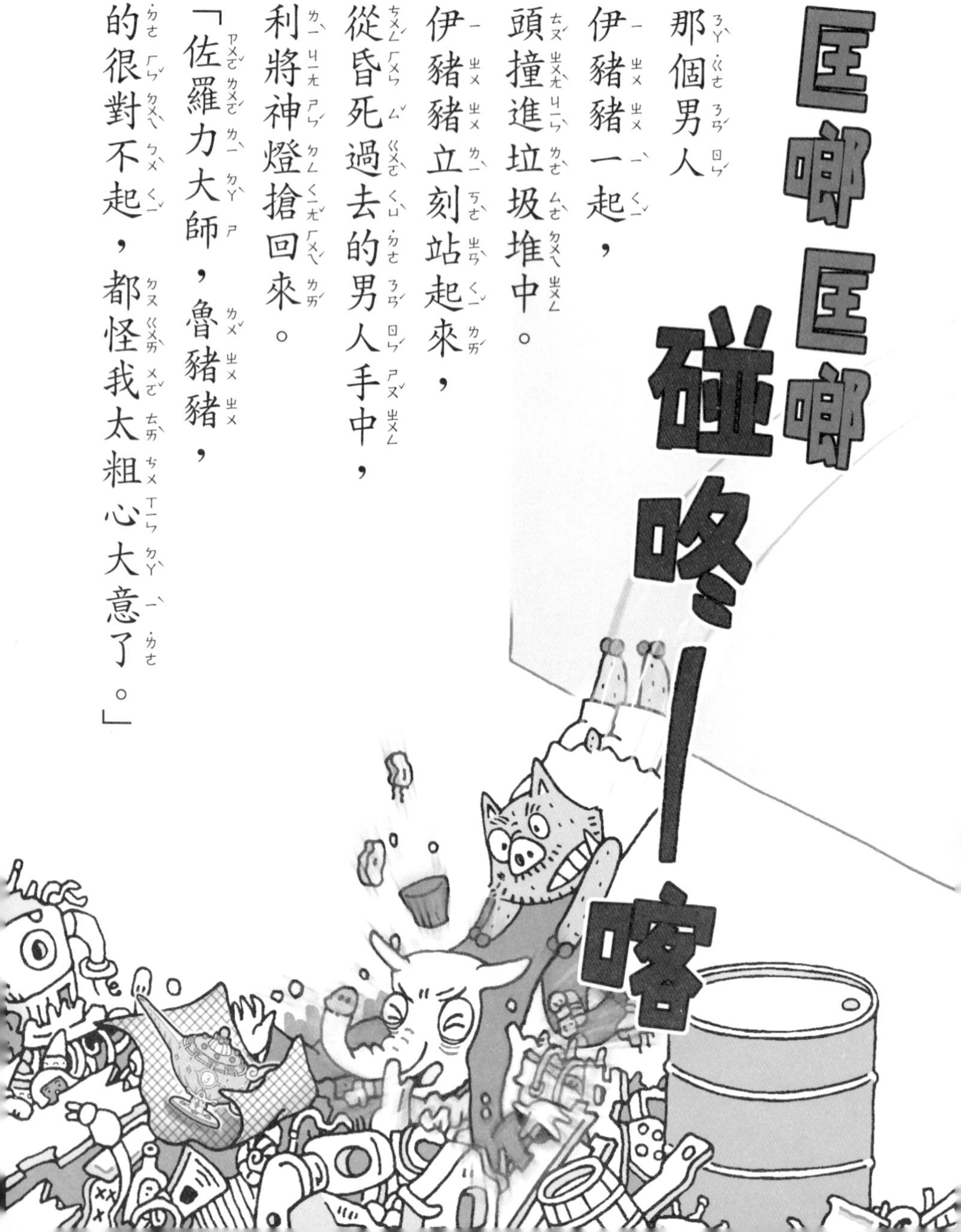

能夠從神燈裡的電視畫面上看到對著他不斷道歉的伊豬豬，佐羅力露出很高興的表情。因為——

原來伊豬豬右臉頰上的痂已經不見了。

剛剛在他衝進垃圾山的瞬間，那個痂被碰到、剝開，弄掉了。

伊豬豬聽到佐羅力告訴他痂已經不見了，立刻摩擦神燈，

「請把燈神帶到這兒來！」

喊出了第一個願望。

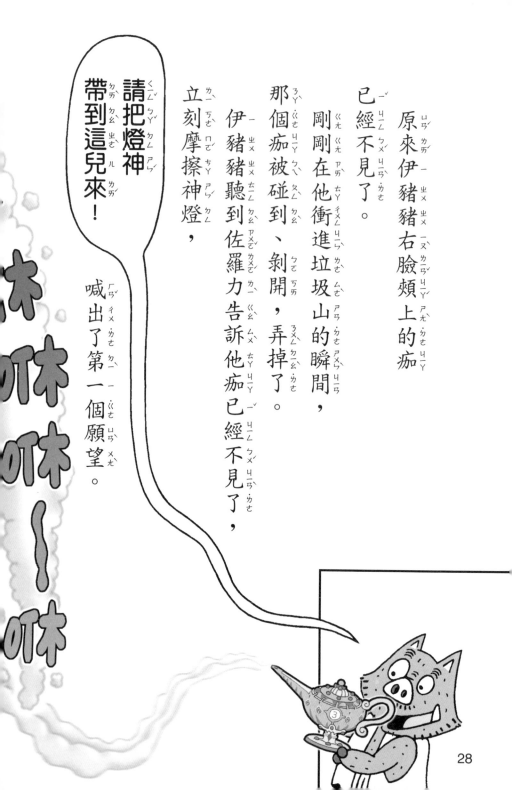

佐羅力和魯豬豬
立刻從神燈裡冒出來。
現在神燈已經能分辨出
伊豬豬與魯豬豬
是不同的兩個人了。
「這樣，我們三個人就可以
一起去找燈神啦！」
佐羅力高興的拍拍伊豬豬的肩膀，
想不到伊豬豬卻當場倒了下去。

原來，伊豬豬拚了命將神燈拿回來以後，全身緊繃的神經一放鬆，加上他的肚子餓得要命，才會無力的倒下。
於是，佐羅力在附近的家庭餐館，替伊豬豬叫了一個披薩，然後對他說道：

真是對不起呀。我們兩個待在神燈裡，什麼都不能做，日子過得輕鬆自在，結果所有的事情，都讓伊豬豬來扛。不過，放心吧，現在我們已經到外面來，不會再讓你孤軍奮戰了。
對呀，伊豬豬，我們在神燈裡面已經吃了很多東西，所以，這個披薩你就自己一個人盡情享用吧。
哇！真、真的嗎？那，我就不客氣了！

當伊豬豬大口滿足的享用披薩時，佐羅力請魯豬豬把燈神的肖像畫出來。
魯豬豬，你真會畫耶。只要把這張肖像畫拿給別人看，看過燈神的人一定能夠認出來。
這時，已經填飽肚子的伊豬豬想起一件事。
對了！
猛吃
猛吃
猛吃
猛吃
佐羅力大師，剛剛我在鎮上有和那個燈神剛好擦身而過耶！
什麼！你說的是真的嗎！
知道燈神的行蹤就在附近，佐羅力心中燃起了熊熊的希望之火。
但是，事情可沒有他想像中那麼簡單——

這會兒，燈神正出現在這間家庭餐館的後門；他在這裡打工，被主廚派出去採買，才剛剛買完東西回來。

你也幫幫忙！這種任務連小學生都做得到，夠了，我已經受不了啦。
滾！你被炒魷魚了！馬上離開這裡。

佐羅力他們完全不知道，就在他們所在的這間餐廳後方竟然上演了這麼一齣戲。

此刻，

伊豬豬口中塞滿披薩，魯豬豬專注畫著肖像畫，至於佐羅力呢，則是坐在那兒，心裡盤算著他們就快要找到燈神啦，他的臉上露出了很有把握的笑容。

而且——

三十分鐘後，被炒魷魚的燈神收拾好行李，垂頭喪氣的從餐廳後門離開。

佐羅力他們也正好因為魯豬豬已經畫好肖像畫，所以從餐廳的前門走出去。

因此，這時燈神就在佐羅力他們面前，邁著沉重的腳步往前走。

魯豬豬的手指，
指著前方發出大叫聲。

他發現有一個硬幣掉在路上。

三個人興奮的一起衝到閃著銀色光芒的硬幣旁。

仔細一看，可惜，那只是果汁的瓶蓋而已。

魯豬豬很懊惱的將瓶蓋踢開。

就在這一小段時間內，

燈神已經不知道跑到哪裡，

再也看不到蹤影了。

由於佐羅力也被瓶蓋吸引了所有的注意力，

根本沒發現他們已經錯過近在眼前的「獵物」。

他說：「走吧，我們快去

『捕獲』燈神！」於是，

他們打起精神到處走，不斷將魯豬豬所畫的肖像畫，

拿給路人看，想打聽燈神的消息。

而且——

很快就有人說，他在附近的便利商店
看過肖像畫上的男人。
佐羅力他們急急忙忙
趕往那間便利商店詢問。
「啊，這個人呵——」
便利商店的店長，
一看到肖像畫，
就露出困擾的表情，
說起當時的狀況。

一開始，我讓他負責櫃檯收銀的工作。
中午，來買便當的人很多，全都在那個大個子站的櫃臺前面排隊。
非常歡迎您的光臨～
我要買這個鮭魚便當。

他依照
便利商店店員
工作的標準流程
問客人：
「請問您的便當
是否要加熱？」
到這個時候，
情況都還算很好。
「我要拿回家吃，
所以不需要。
還有，
筷子和擦手紙巾
也不需要。」
當客人一說完，
那個大個子
突然生氣了。

「不管怎樣，
你都要接受我們的這三項服務，
不然我就不讓你回去。」
客人聽到這樣莫名其妙的話也不肯讓步；
於是他們就這樣各持己見、互相僵持，
搞得當時櫃檯前長長的排隊人龍一動也不動。
這樣我要怎麼做生意呢，
於是，我當場就叫他捲鋪蓋走路。

「原來如此，這種情況要是我的話，
也會想叫他滾蛋的。」
佐羅力聽了有氣無力的說——

這時，有位來便利商店買東西的客人，湊過來盯著魯豬豬手上的肖像畫仔細瞧，

啊，這個大個子男人，我看過他在速食店那邊工作哦。那裡的客人排隊排得很長，看起來生意超好的。

然後這麼說道。

一想到

如果那家速食店的

生意超好的話，

那麼，那個燈神一定

還繼續在那裡工作吧。

他們三人二話不說，

立刻往速食店

飛奔而去。

可是，速食店的店長說：

不，不是這樣的，是只有那個傢伙站的櫃檯前，才會跑來一堆人搶著排隊。當你以為請到一位受顧客歡迎的員工而感到高興時，才發現他正在免費贈送「漢堡、薯條加飲料」的套餐。我提醒他：「你這樣自作主張，我們會很困擾。」他卻說：「滿足人們這小小的三個願望，有什麼關係呢？」

看來，已經很習慣滿足人們三個願望的燈神，
真的很難擺脫他這個職業習慣。
佐羅力他們只好沮喪的走出速食店——

要是不阻止他的話，
我這間店馬上就會倒閉，
所以，
我連忙叫他
捲鋪蓋走路。

說巧還真巧，
此刻燈神因為
在尋找下一個工作，
所以正朝著他們
走來。

像佐羅力他們
這樣的角色，
這次應該不會
又沒看見吧。

伊豬豬
瞪大了眼睛
發出大叫聲——

接著，他竟指向天空，說：

「佐羅力大師，快看，快看，有幽浮，它咻的飛過去耶。」

「在哪？在哪？在哪？」

佐羅力和魯豬豬也跟著抬頭往空中張望。

找了好一陣子，

佐羅力說：

「嘖，哪有哇？什麼都沒看到哇！」

「我真的看到了。它閃了一下，用很怪的飛行方式從右邊飛到左邊。」

四周的人們也以為發生什麼事，一起抬頭看著天空，連燈神都一邊盯著天空，一邊從佐羅力他們身邊走過去。

過了好一會兒——

佐羅力才回過神來喊道：

「喂、喂，現在本大爺最重要的事是遇到燈神，而不是幽浮。你們跟著我好好的去找。」

由於這場伊豬豬引起的幽浮騷動，使得他們身邊擠滿看熱鬧的人，佐羅力趁著這個大好機會，高舉燈神的肖像畫，詢問大家：

「請問有人認識這個大個子男人嗎？」很巧的，有一個人說他看過燈神在花店工作。

佐羅力馬上問清楚花店的地點，趕緊跑過去詢問。

一位看起來和藹可親的店長，跑出來向他們說起燈神的事。

雖然他真的很會搭配花材、包裝花束。
不過，有位客人剛好來拿預定的花束，
等一下，我就要將這束花送到附近的咖啡廳，我要向我的女朋友求婚，呵呵呵。
什麼！好的，我明白了，交給我！就讓我來為你完成這個願望吧。
燈神一副幹勁十足的模樣。
他一問出客人的女朋友在哪間咖啡廳等候，就自作主張的飛奔而去。
不必擔心，一切都包在我身上啦。
啊……咦？你要幹麼呀？
咻——咻

我是來代替原本要到這兒與你碰面的那位男士來向你求婚，請你一定要嫁給他。
什麼？
那個人連自己來求婚都辦不到，真是太沒用了。我最討厭這種膽小畏縮的人了。
哼，我要回去了。
事情搞砸了。
連發生什麼事都還搞不清楚就被甩掉的那位客人，簡直快氣瘋了。
你們這是什麼鬼花店哪！
真對不起。
這位客人，真的非常非常抱歉。
想不到連我都被罵得狗血淋頭。
——因為這樣，

於是，燈神又被花店炒了魷魚。
當佐羅力他們繼續為了找到更多相關訊息東奔西跑時，竟跑回了他們一開始曾進去光顧過的家庭餐館大門前。

餐廳的店長看到魯豬豬手上的肖像畫，主動向他們搭話說：

那個傢伙實在很遜，
身材體型那麼龐大，
做事總是撞到桌子和客人；
送餐的時候，還會把餐點掉在地上；
叫他去洗碗，
又總是笨手笨腳的，
不曉得打破了
多少碗盤……
啊，請你們等一等。

店長走進餐廳，不久就和抱著一包東西的主廚一起走出來。

主廚告訴他們——

你們看看，我派他去買食材，他卻買回了毫不相干的東西。
所以呢，我剛剛就叫他滾蛋了。對了，先前你們不是坐在裡面那桌用餐嗎？那正好，如果你們是那個大個子的朋友，可不可以麻煩你們將這些東西當作打工費轉交給他呢？
我叫他去買「蟹」，他給我買「鞋」回來。
我叫他去買「茄子」，他給我買「鉗子」回來。
我叫他去買「甜椒」，結果他居然給我買了一罐「黏膠」。
黏膠
我叫他去買「水餃」，他卻給我買「水管」。
我叫他去買「地瓜」，他給我買「地圖」回來。

餐廳店長說完，就將燈神買錯的那些東西，一股腦的全部硬塞給佐羅力。

「請問你們知道他跑到哪裡去了嗎？」

聽到佐羅力這麼問，店長說：

「啊，我看他往那邊山丘的方向走去了。可能跑去看看大海，順便思考自己的未來該要怎麼辦吧。」

「你是說大海？」

聽了餐廳店長的話，佐羅力不禁想像出那個完全失去自信的燈神，一躍跳入大海的景象，他的內心突然感到忐忑不安。

因為，要是燈神從此自人間消失，那佐羅力他們很可能永遠

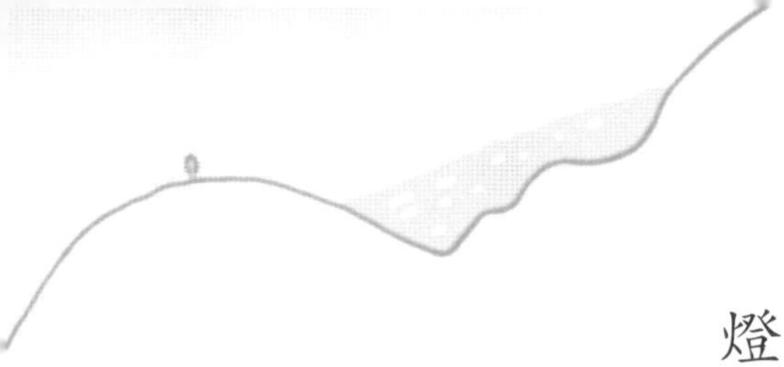

出不了神燈。

「不行，我們一秒都不能拖，必須快點去把燈神找回來。」

佐羅力他們拚了命往燈神離開的方向猛力狂奔。

而這時候的燈神……

正坐在
可以眺望大海
的山丘上，
將他之前擔任
燈神職務時
所穿著的背心
和頭巾，放在膝蓋上，
沉浸在回憶中。

「啊——

想當初在神燈裡生活，
每一次幫助別人達成願望
就會得到感謝。
但我現在跑出神燈，
所做的卻全是蠢事，唉——」
他不禁深深嘆了一口氣。
如果辦得到的話，
燈神也很想回神燈去。
「不過呢——」

燈神心裡比任何人都還要清楚，
在這個世界上，想要再次與神燈相遇，
比找出掉在沙漠裡的一粒花生還難。

他用力的搖搖頭，對自己說：

「這終究是我自己選擇的路，
再怎麼做白日夢也沒用。
好，振作起來，
繼續挑戰下一個工作吧。」

燈神一邊說，

一邊猛的站起來，
結果不小心
碰掉了
膝蓋上的頭巾。
頭巾從山丘往下滾。

等、等等──

幸好在頭巾掉入大海的前一秒，
被燈神抓住了。

請愛惜自己的生命哪——

佐羅力他們一個個卯足了全力，快步衝上山丘。

眼看著他們好不容易才找到的燈神，竟然猛的站起來，而且搖搖晃晃的向大海跑去。

燈神的舉動在他們三個看來，很自然會以為燈神已經對人世感到失望，

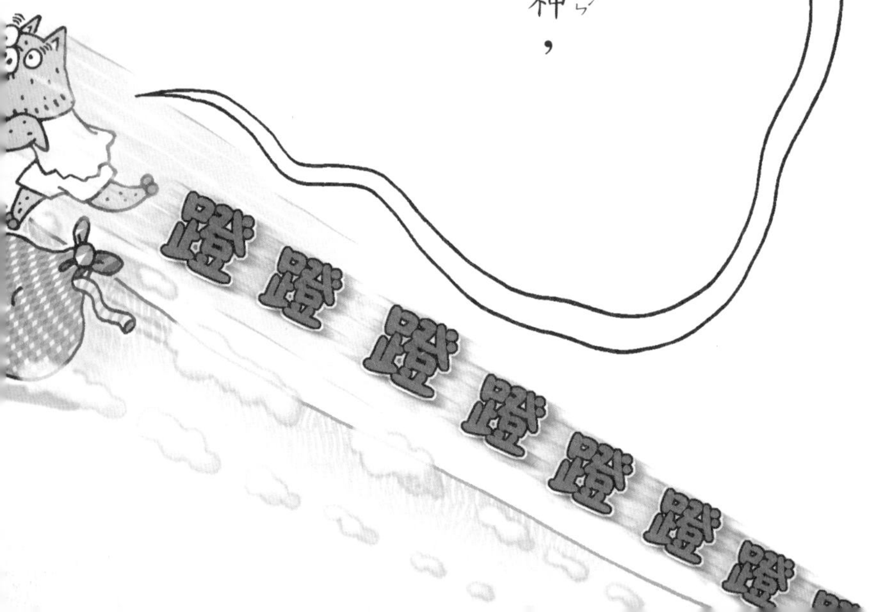

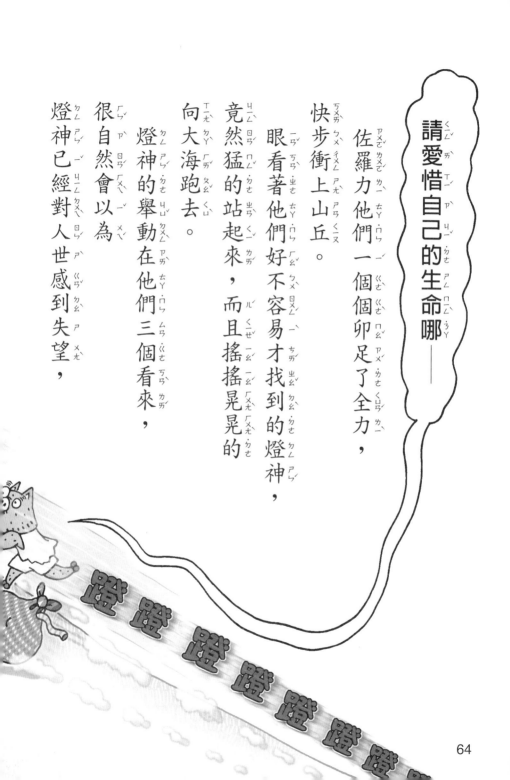

因此，他想要跳海結束性命。

拜託打消這個念頭吧——

佐羅力和伊豬豬、魯豬豬，三人一起向燈神撲了過去——

結果他們的力道衝得太猛，
竟四人一起滾哪滾哪，滾啊滾啊，
滾下山丘，

最後全掉進了海裡。還好，他們幾個都沒有受傷。而且，

從那片大海——

從大海的深處，游來一隻約三十公尺長的大王烏賊；牠是因為肚子餓，才朝佐羅力他們靠近的。對於自動送上門的獵物，牠怎麼可能會眼睜睜的錯過呢？大王烏賊打算捉住佐羅力他們，於是伸出長長的觸手。

為了要保護燈神，他們三個把燈神夾在中間，由伊豬豬擋在前面，佐羅力和魯豬豬則聯手護住後面，大家一起拚命打水，努力朝著岸上游去。

最後，伊豬豬和燈神終於抵達了沙灘，不過，在他們身後的佐羅力和魯豬豬，卻被大王烏賊那條帶有吸盤的巨大觸手猛力一擊。

「哇——完了。」

佐羅力閉上了雙眼。

這時，
就在那一瞬間，
佐羅力和魯豬豬的身影
消失不見了。

沒錯。
當伊豬豬和燈神
一起爬上岸，那時，
伊豬豬所許下的願望——
「將燈神帶來！」

已經被完成了，
所以佐羅力和魯豬豬
立即被吸回神燈裡去。
「哇——真是太驚險了。」
當佐羅力和魯豬豬在神燈裡
手牽著手蹦蹦跳跳時，
突然，聽到外頭的
燈神雙膝一彎，
他磕著頭說：

各位，我有一個請求。
請問能不能讓我回到神燈裡去呢？
我到外面走了一遭，
發現對我來說，唯有擔任燈神，
才是最有價值的工作。

這不正是佐羅力他們求之不得的願望。
他們告訴燈神，彼此重新交換的事且做了約定。
不過，伊豬豬還有

兩個願望還沒許。

如果現在馬上進行交換，
佐羅力他們在燈神職務內一定得
完成的願望還缺少一個。

心想著快點換回來的佐羅力說：

「不管什麼都好，
你快點說出一個簡單的
願望吧。」

他拜託著伊豬豬——

「嗯……這樣的話，
那我的第二個願望，
就是請佐羅力大師先完成最擅長的
『連續不斷說出三個冷笑話』，可以嗎？」
「好主意耶，伊豬豬，沒問題，
就這麼辦。」
聽到佐羅力欣喜的回答，
伊豬豬馬上捧起神燈。
偏偏這時，

燈神卻白著一張臉說：

真的很抱歉。不管我怎麼找，
都找不到我原本燈神專用的頭巾，
如果沒有頭巾，我就沒有辦法
回到神燈裡當燈神。
請你們把我們剛剛的約定
一筆勾銷吧。

燈神難過的低下頭，
流下成串豆大的淚珠。
這時，從神燈內——

傳來佐羅力充滿力量的聲音，說：

「一定是在剛剛掉進海裡了。好，本大爺這就去把頭巾找回來。第二個願望用不到冷笑話，真是太好了。嘿，伊豬豬，那就拜託你了。」

「知道了——」

伊豬豬摩擦著神燈，大聲喊出第二個願望：

「請把燈神的頭巾撿回來——」

這時，從神燈壺嘴跑出來的佐羅力和魯豬豬，一躍跳入海裡，隨即開始尋找頭巾。

然而，頭巾卻——

被剛剛那隻餓肚子的大王烏賊的觸手吸盤，給吸住了。佐羅力撲過去，用力壓制住扭來扭去的烏賊觸手，魯豬豬則是拚死命的將頭巾扯開。

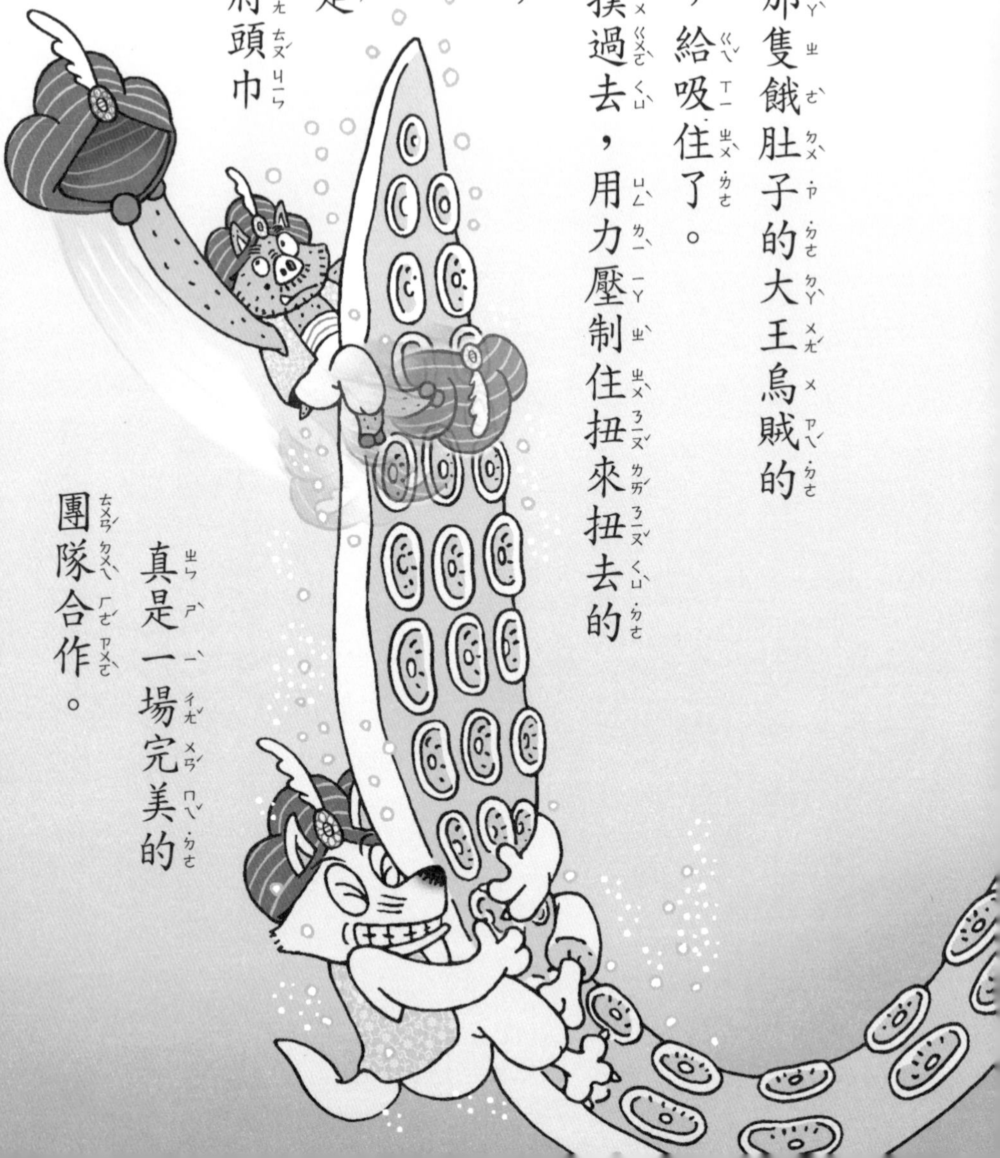

真是一場完美的團隊合作。

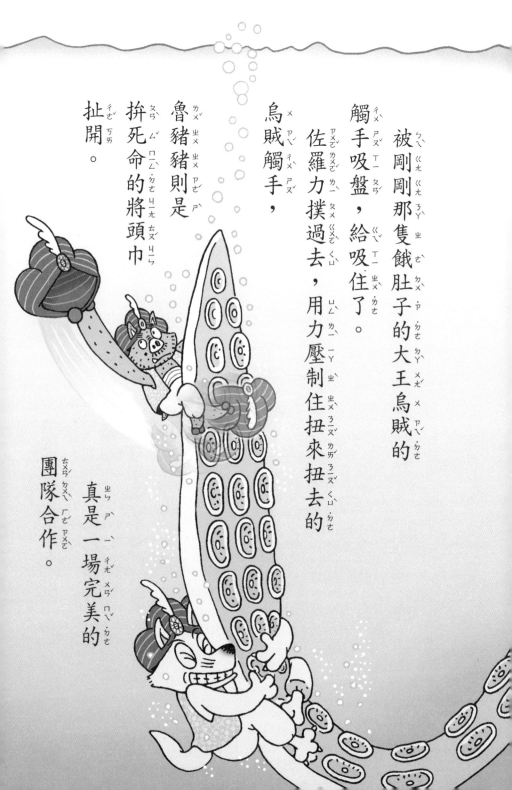

等到魯豬豬浮出海面，
他得意洋洋的
將手中緊握住的頭巾
秀給佐羅力看，
但下一秒鐘，

嘶碰！

魯豬豬
突然不見了。

原來是發現獵物的大王烏賊，
用牠的觸手纏住魯豬豬的肚子，
用力將他拖回海中。
佐羅力只好拚命追過去，
張大嘴巴狠狠咬住烏賊的觸手。

啪鏘

遭受襲擊的大王烏賊，
這時，
只能將觸手瘋狂的扭來扭去。
佐羅力以為自己就快被那觸手甩飛，
想不到，他的長鼻子卻被魯豬豬腳邊的吸盤

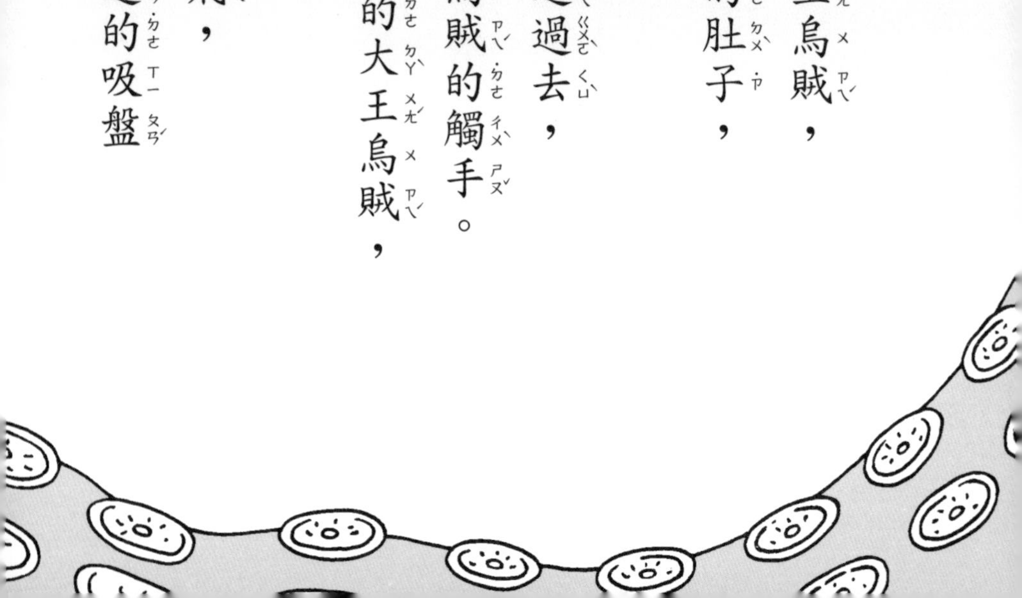

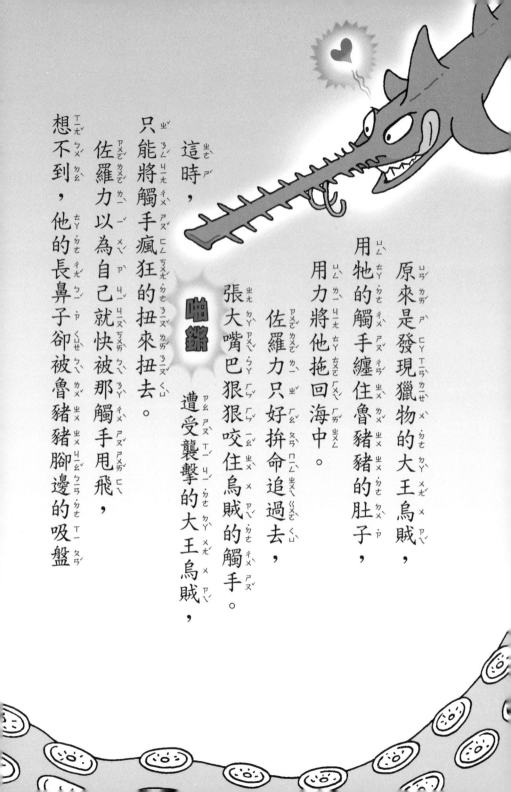

給吸住了，反而被牢牢固定住。
一隻鋸鮫游過來，發現動彈不得的
佐羅力和魯豬豬，露出了邪惡的笑容。
牠打算從大王烏賊手中搶走這兩份獵物。
於是，鋸鮫以尖銳的吻部，
對準佐羅力他們
衝刺而來。

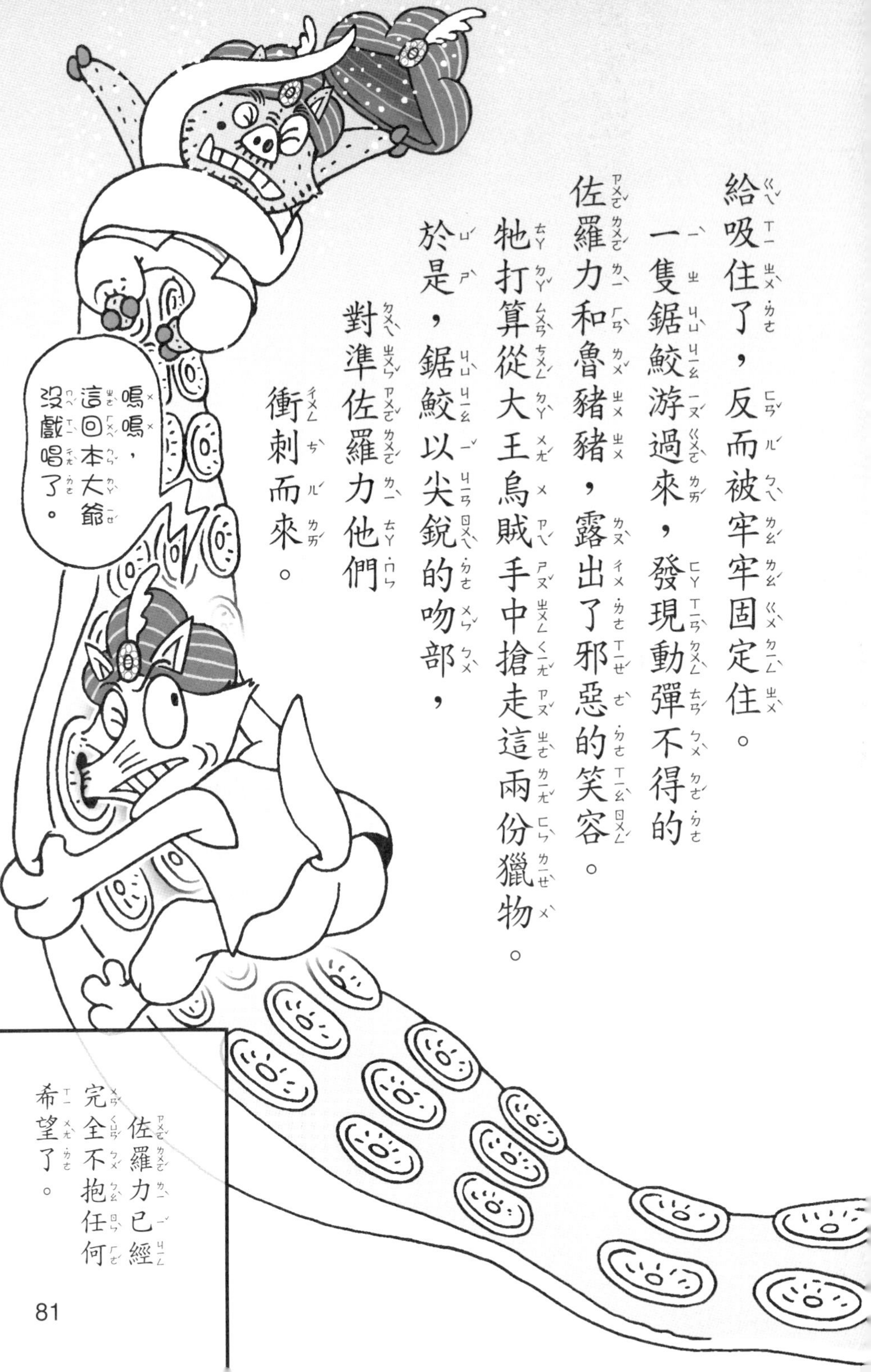

佐羅力已經完全不抱任何希望了。

就在這個時候，

噗噗噗噗噗噗

依然被烏賊觸手緊緊纏住的魯豬豬，
發出一連串誇張的巨大響屁。
屁的威力簡直就像噴射氣流！

原本纏捲、吸附
魯豬豬與佐羅力的觸手，
被一個又強又猛的力道，
拉扯住整隻大王烏賊。

而此時，鋸鮫正從另一頭
衝過來，

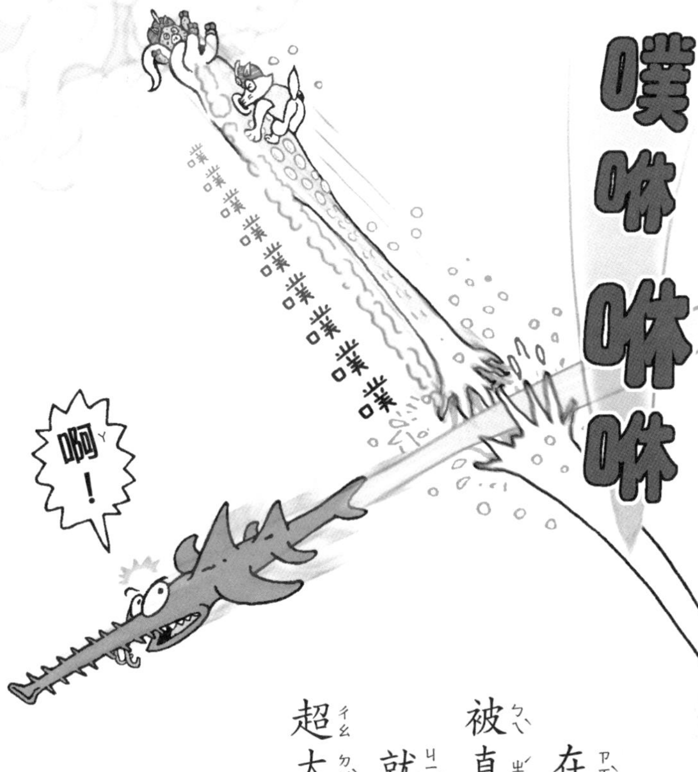

大王烏賊的觸手
在佐羅力的雙腳下方
被直接鋸斷。
就這樣，多虧了魯豬豬
超大響屁的力量，
讓兩個人連同斷掉的觸手，
一起朝向海面飛衝而去。

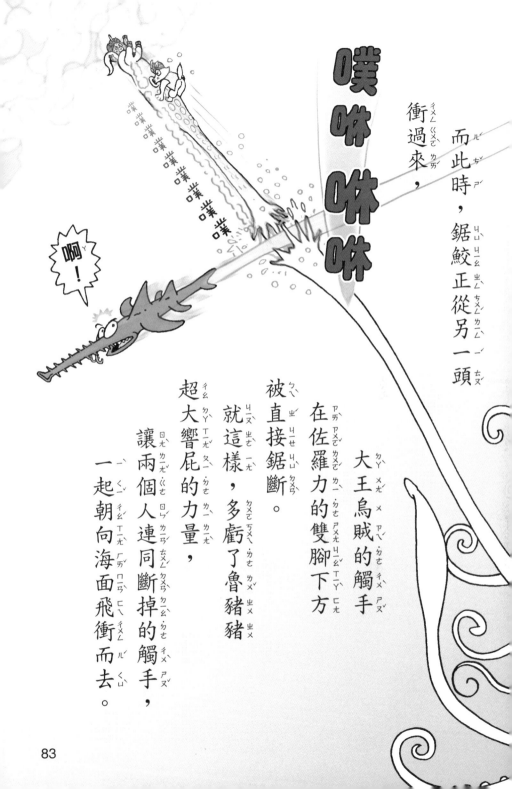

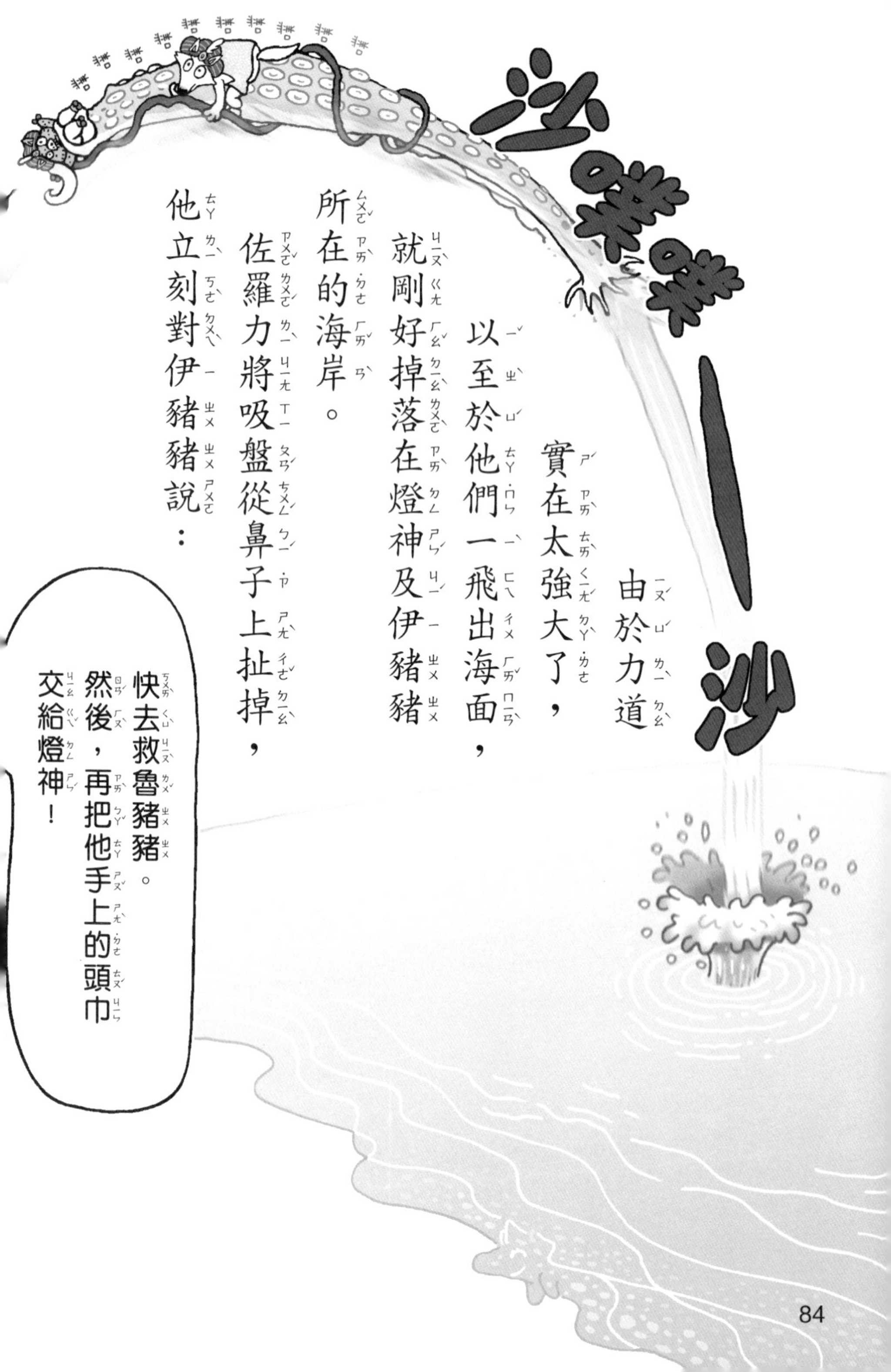
沙噗噗—沙

由於力道

實在太強大了，

以至於他們一飛出海面，

就剛好掉落在燈神及伊豬豬

所在的海岸。

佐羅力將吸盤從鼻子上扯掉，

他立刻對伊豬豬說：

快去救魯豬豬。然後，再把他手上的頭巾交給燈神！

伊豬豬，快跑到昏死過去的魯豬豬身邊，用力拉開纏住魯豬豬的那隻觸手。

「呼——好難受哇。」

但是，意識恢復過來的魯豬豬手上——

並沒有頭巾。

應該是魯豬豬在飛上來的過程中，由於昏了過去而鬆手掉進海裡。

魯豬豬將原本纏在腳上的海藻，與觸手一起拿在手上，走向佐羅力，他說：

「這件事我要負起責任。等我把這些吃掉，恢復了精神體力，就立刻回海裡找頭巾。」

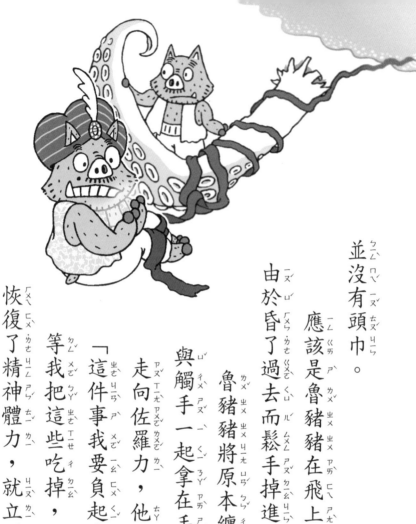

「說得好，魯豬豬。好，我們要加油！」

兩人正打算將觸手大口吃進嘴裡，

這時，

請等一下。

我聽人家說

大王烏賊非常難吃，

而且，這種海藻怪怪的，

這可以吃嗎？

燈神將那塊海藻拉過去，

「咦，這好像是……」

他小聲叫道，突然，

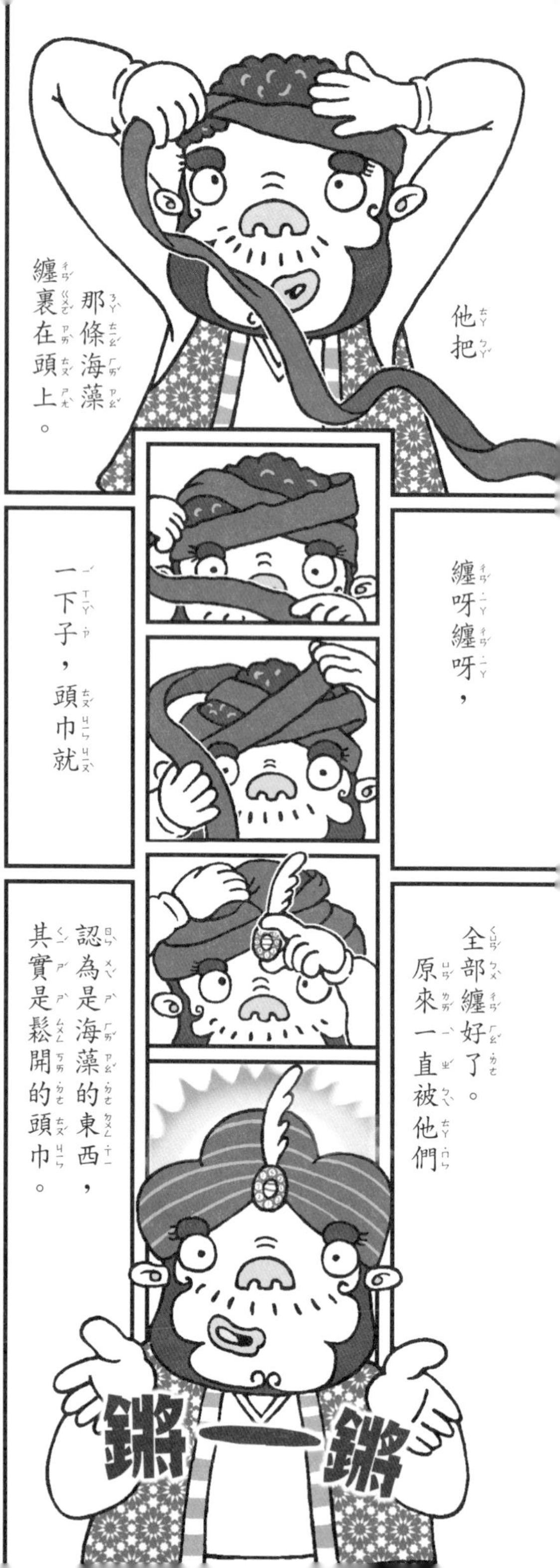

「哇——想不到用一條布纏一纏，就能變成頭巾耶。」佐羅力才剛剛發出讚嘆，他和魯豬豬就因為完成了第二個願望而一起被吸回神燈裡。

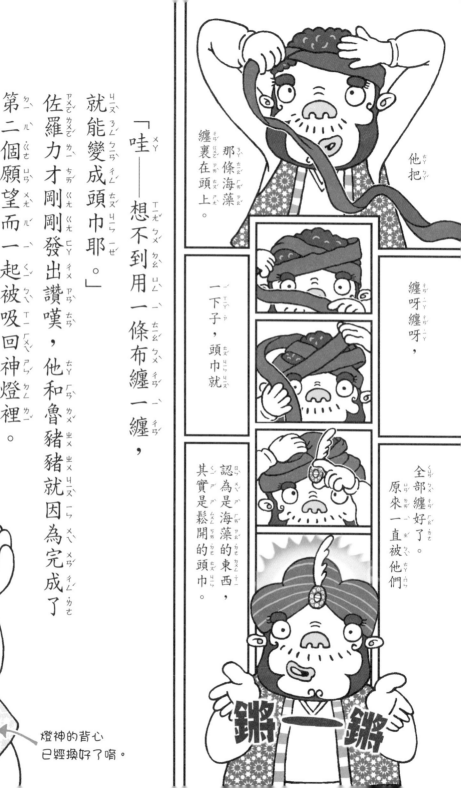

太好了，託佐羅力先生你們的福，該準備的一樣不缺了，那我們就馬上來進行交換吧。

燈神都這麼說了，
神燈裡的佐羅力和魯豬豬，
當然也同樣迫不及待。
於是，伊豬豬立刻摩擦神燈，
大喊：

請讓燈神與佐羅力大師、魯豬豬交換過來——

他大聲的說出
第三個願望。
接著，毫無疑問的，

佐羅力與魯豬豬立刻自神燈壺嘴冒了出來，不過奇怪的是，燈神卻沒有被吸進神燈裡去，為什麼呢？

「怎、怎麼會這樣呢？」

佐羅力百思不得其解。

這時，燈神開口說：

「佐羅力先生，必須要使用魔法才能夠進行交換啊。」

「……就用不著這麼辛苦了呀。」

佐羅力很吃驚的說，但燈神聽了他的話則更加訝異。

「什麼！你們根本不會魔法，卻這樣擔任燈神一直到現在？我明明把使用魔法的方法很清楚的寫在守則上呀。」

「嗄？有嗎？寫、寫在哪裡？」

事情發展到這個地步，佐羅力卻聽到如此令人意外的話。根據燈神的說法，使用魔法的方法就清清楚楚寫在——

神燈裡貼在牆壁上的那張「燈神的心得」右下方。
原來就是那個有點像注意事項的地方啊。本大爺覺得看說明書很累，也很不擅長看說明書。像那麼重要的事，你應該寫得更顯眼一點哪。那我們現在該怎麼做，才能使用魔法？
燈神的心得以及
《怪傑佐羅力之佐羅力變成燈神~~了!》第16頁
連我也沒有發現那裡寫了這麼重要的事耶，所以才會把佐羅力和對白都壓在上面，以至於變得不容易閱讀。真是抱歉哪。
作者原裕

「第一步，在你們成為燈神那一刻
所換上的特有背心和頭巾，
一樣都不能少。
像我剛才要是丟了頭巾，就什麼也做不了。
這是規定。」

「咦？本大爺不是已經將背心穿在身上，
頭巾也好好的戴在頭上了呀。」
燈神把佐羅力的背心脫下來，
讓他們仔細看看
背心的內側，

燈神使用魔法前需做的準備

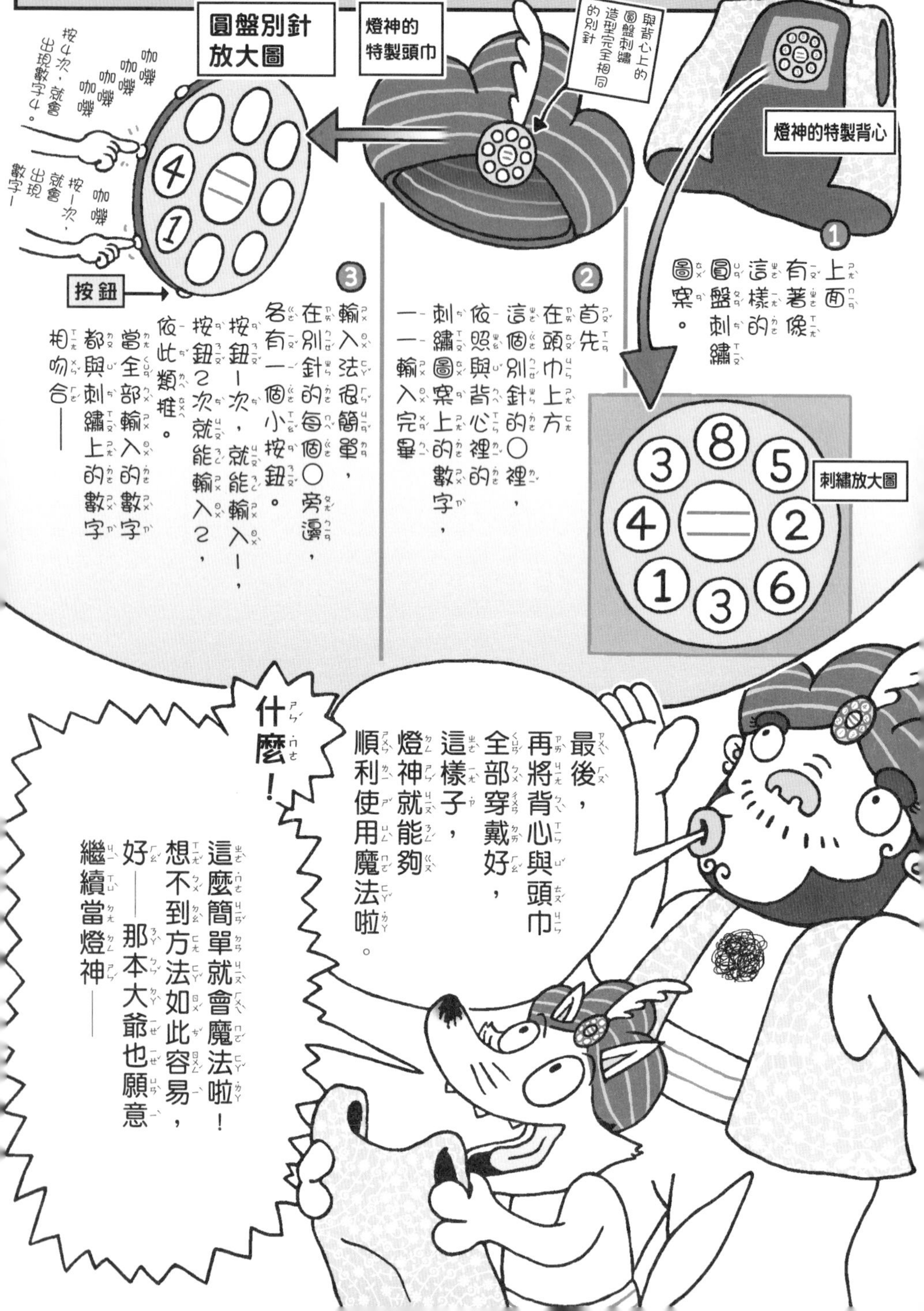

由於佐羅力說出這些話，

咦，佐羅力大師，
你的意思是，
我們不交換了嗎？

魯豬豬突然變得
很擔心。而伊豬豬
也很堅定的說：

我不管！佐羅力大師，
我絕不允許這樣的事發生。
現在，我可是佐羅力大師的主人呵，
所以，不管我要許的第三個
願望是什麼，
你都得為我達成！

接著，
佐羅力才開口——

「伊豬豬、魯豬豬，本大爺是開玩笑的啦。神燈的魔法又不能用在自己身上。你們忘了本大爺還有建立城堡和娶到美嬌娘兩大人生目標，而且，接下來還要與你們繼續旅行呢。來吧，我們一秒鐘都別耽擱啦，立刻脫離燈神的身分吧。」

「哇——太好了——」

不論伊豬豬或魯豬豬，

都開心的撲向佐羅力。

來吧，我的主人伊豬豬，請讓我來為您完成你的第三個願望吧。
佐羅力按照燈神教他的方法操作，
把背心內側刺繡圖案上的數字，
8
2
6
4
一一輸入到頭巾的別針上。
再將背心和頭巾
一起穿戴好之後——

咻的——

一下子，
燈神就被吸入
神燈裡去了。
佐羅力這回是
真的會使用魔法啦。
那是第一次、
也是最後一次的魔法。
他們聽到從神燈內，傳出

啊～

果然還是待在這裡
最舒服自在。
我還以為再也沒辦法
回來了呢。
不過，我因為
到外面遊歷過，
更能體會到
許願者願望達成時的
那種喜悅，
也有了覺悟，
以後一定要更努力
當一位燈神。

燈神充滿喜悅的聲音，
這時——

噗咻——咻
伊豬豬的第三個願望都達成了，所以神燈就從他的手裡飛走，高高的飛向空中。
再見啦——謝謝你們對我那麼照顧呵——
好厲害呀——請繼續加油做好燈神的工作呵——
呼——神燈裡住起來雖然很舒服，但是英雄無用武之地呀。能夠出來，真是讓人大大鬆了一口氣。

下次如果再讓佐羅力先生發現這個神燈，我一定會全心全意幫助您完成三個願望的——
雖然距離很近，但是和你們分開在兩個地方住，還是感到很寂寞呢，魯豬豬。
哇——我們三個終於又能在一起了。剛才佐羅力大師說他要繼續當燈神，我緊張得心臟怦怦跳，簡直不知道該怎麼辦才好。
於是，佐羅力他們又像之前一樣，一起展開三人的旅行。

親愛的大家，雖然這兩集的書名
都出現「怪傑佐羅力」，但你是否發現
《怪傑佐羅力之佐羅力變成燈神～了！》，
以及《怪傑佐羅力之
一定要找到燈神！》這兩本書中，
佐羅力都沒變身成怪傑佐羅力呢？
真是非常非常抱歉啊，
所以，我決定
讓佐羅力在最後的跨頁這裡
變身登場。

燈神這麼一說，本大爺才想起我也能許願，所以，我有三個願望還沒達成。
我想，佐羅力大師會許的三個願望，一定就是：①得到一座城堡 ②和一位絕世大美女結婚。③與天國的媽媽再次相見——
笨蛋——這種心願可以指望那種根本不知道何時才會撿到的神燈嗎？我會讓大家看到本大爺如何靠著自己的力量，得到城堡、娶到美嬌娘。至於，

本大爺終於從那個窄得要命的神燈脫身了。接著來，我會讓大家看到本大爺為所欲為惡作劇的！敬請期待，嘻嘻呵呵。
嘿，伊豬豬，你的三個願望這次都被本大爺借用了，真是不好意思耶。如果以後能夠再撿到那個神燈，我一定會讓你達成願望的。
天國的媽媽，我相信我們總有一天一定會見到面的。
不用啦，我的願望就是和佐羅力大師一起旅行。只要能這樣，我就覺得很幸福啦。

•作者簡介

原裕 Yutaka Hara

一九五三年出生於日本熊本縣，一九七四年獲得KFS創作比賽「講談社兒童圖書獎」，主要作品有《小小的森林》、《手套火箭的宇宙探險》、《寶貝木屐》、《小噗出門買東西》、《我也能變得和爸爸一樣嗎？》、【輕飄飄的巧克力島】系列、【膽小的鬼怪】系列、【菠菜人】系列、【怪傑佐羅力】系列、【鬼怪尤太】系列、【魔法的禮物】系列等。

•譯者簡介

周姚萍

兒童文學創作者、譯者。著有《我的名字叫希望》、《山城之夏》、《妖精老屋》、《魔法豬鼻子》等作品。譯有《大頭妹》、《四個第一次》、《班上養了一頭牛》、《那記憶中如神話般的時光》等書籍。曾獲「文化部金鼎獎優良圖書推薦獎」、「聯合報讀書人最佳童書獎」、「幼獅青少年文學獎」、「國立編譯館優良漫畫編寫」、「九歌年度童話獎」、「好書大家讀年度好書」、「小綠芽獎」等獎項。

國家圖書館出版品預行編目資料

怪傑佐羅力之一定要找到燈神！
原裕 文、圖；周姚萍 譯 --
第一版. -- 臺北市：親子天下, 2019.04
104 面；14.9x21公分. --（怪傑佐羅力系列；52）
注音版
譯自：かいけつゾロリの大まじんをさがせ!!
ISBN 978-957-503-352-1（精裝）
861.59 108000046

怪傑佐羅力系列52

怪傑佐羅力之一定要找到燈神！

作者｜原裕（Yutaka Hara）
譯者｜周姚萍
責任編輯｜陳毓書
特約編輯｜游嘉惠、陳韻如
美術設計｜蕭雅慧
行銷企劃｜高嘉吟

天下雜誌群創辦人｜殷允芃
董事長兼執行長｜何琦瑜
兒童產品事業群
副總經理｜林彥傑
總監｜林欣靜
版權專員｜何晨瑋、黃微真

出版者｜親子天下股份有限公司
地址｜台北市104建國北路一段96號4樓
電話｜（02）2509-2800
傳真｜（02）2509-2462
網址｜www.parenting.com.tw
讀者服務專線｜（02）2662-0332
週一～週五：09：00~17：30
讀者服務傳真｜（02）2662-6048
客服信箱｜bill@cw.com.tw
法律顧問｜台英國際商務法律事務所・羅明通律師
製版印刷｜中原造像股份有限公司
總經銷｜大和圖書有限公司
電話｜（02）8990-2588

出版日期｜2019年4月第一版第一次印行
2022年3月第一版第九次印行
定價｜300元
書號｜BKKCH020P
ISBN｜978-957-503-352-1（精裝）

訂購服務
親子天下 Shopping｜shopping.parenting.com.tw
海外・大量訂購｜parenting@cw.com.tw
書香花園｜台北市建國北路二段6巷11號
電話｜（02）2506-1635
劃撥帳號｜50331356 親子天下股份有限公司

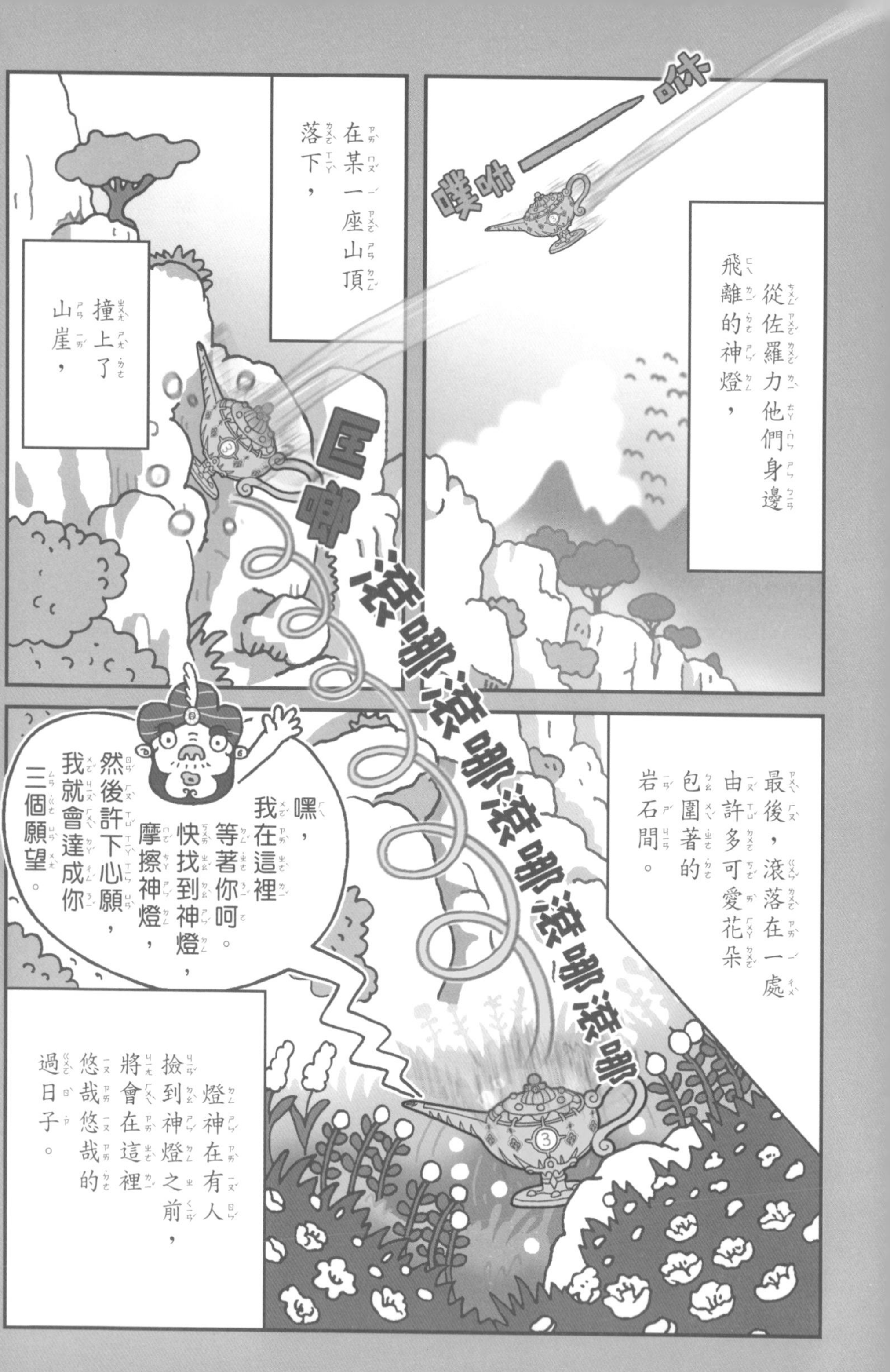
噗咻——咻
從佐羅力他們身邊飛離的神燈，
在某一座山頂落下，
撞上了山崖，
匡噹
滾啷滾啷滾啷滾啷滾啷滾啷
最後，滾落在一處由許多可愛花朵包圍著的岩石間。
嘿，我在這裡等著你呵。快找到神燈，摩擦神燈，然後許下心願，我就會達成你三個願望。
燈神在有人撿到神燈之前，將會在這裡悠哉悠哉的過日子。